AF343194

VENTE DU SAMEDI 4 DÉCEMBRE 1897

HOTEL DROUOT, SALLE Nº **6**

à deux heures

TABLEAUX

ANCIENS ET MODERNES

Aquarelles, Dessins, Gravures

CADRES

EXPOSITION PUBLIQUE

LE VENDREDI 3 DÉCEMBRE 1897

DE UNE HEURE ET DEMIE A CINQ HEURES ET DEMIE

COMMISSAIRE-PRISEUR

Mᵉ PAUL CHEVALLIER

10, rue Grange-Batelière, 10

EXPERTS

MM. FÉRAL Père et Fils

54, Faubourg-Montmartre, 54

HONO
AD
NATVRA
IMPRIMERIE DE L'ART

CONDITIONS DE LA VENTE

Elle sera faite au comptant.

Les acquéreurs paieront *cinq pour cent* en sus des adjudications.

Paris. — Imp. de l'Art, E. Moreau et Cⁱᵉ, 41, rue de la Victoire.

DÉSIGNATION

1 — ABANCOURT (G. D'). La Visite à l'atelier.

2 — ABANCOURT (G. D'). Portraits de femmes. Deux pendants.

3 — ALBANE (Genre de). Bethsabée au bain.

4 — AROSA (Mlle). L'Étang.

5 — ARTOIS. (Genre de VAN). Paysage avec figures.

6 — ASCH (VAN). Paysage avec chasseurs.

7 — AVAL. Le Christ en croix.

8 — BEAUBRUN. Portrait de dame en robe jaune décolletée.

9 — BEAULIEU (A. DE). Pierrot alchimiste.

10 — BEAUME. La Mère et ses enfants.

11 — BERGHEM (D'après). Bergers et animaux faisant halte sous des rochers.

12 — BLANC. Le Moulin à vent. Signé à droite.

13 — BORDONE (École de PARIS). Diane et ses nymphes.

14 — BOTH (Attribué à JEAN). Vue d'Italie.

15-16 — BOUCHER (D'après). L'Été; Le Printemps. Toiles décoratives. Deux pendants.

17 — BOUCHER (D'après). Amours jouant avec une chèvre. Dessus de porte.

18 — BOUCHER (École de). La Bergère endormie.

19 — BOUVET (MAX). Chemin sous bois.

20 — BOUVET (MAX). L'Étang.

21-22 — BREUGHEL (D'après). Paysans et bestiaux sur un monticule; Paysans et animaux au bord d'un cours d'eau. Deux penda s.

23 — BRIL (PAUL). Paysage avec animaux. Peinture sur cuivre.

24 — BRUNNER-LACOSTE. Chaumière au bord d'un chemin.

25 — BRUNNER-LACOSTE. Maison rustique.

26 — BRUNNER-LACOSTE. Perroquet et fruits.

27 — BRUNNER-LACOSTE. Fruits et vase d'argent.

28 — CAILLEBOTTE. Le Repos du paysan.

29 — CAMPHUYSEN. Animaux et berger près d'un pont de bois.

30 — CARAVAGE. Les Hébreux ramassant la manne. Cadre en bois sculpté.

31 — CERAMANO. Moutons sous bois.

32 — COLIN (GUSTAVE). Blanchisseuses espagnoles.

33 — COLIN (GUSTAVE). Vue des environs de Menton.

34 — COSTE. Bouquet de marguerites.

35 — COSTE. Giroflées dans un vase.

36 — DAVID (Attribué à). La Mort d'un guerrier.

37 — DELACROIX (EUG.). Portrait d'homme. Toile ovale. Signée à droite.

38 — DESHAYES. La Mort d'Adonis. Esquisse.

39 — DESPORTES (Genre de). Fruits et animaux.

40-41 — DESPORTES (Genre de). Chien saisissant un canard, Chien en arrêt. Dessus de portes. Deux pendants.

42 — DEVERIA (EUG.). La Moissonneuse.

43 — DREUX (D'après ALFRED DE). Chiens.

44 — DUVEAU (LOUIS). Le Chasseur blessé.

45 — EVERDINGEN (Genre de). La Fuite en Égypte.

46 — FLAHAUT (L.). Marine avec bateaux à voiles.

47 — FLAHAUT (L.). Les Bords d'un étang. Esquisse.

48 — GAGNEUX. Cours d'eau sous bois.

49 — GAGNEUX. Vue de Suisse.

50 — GAGNEUX. Chaumières. Vue d'Orient. Deux pendants.

51 — GAUTIER (ARMAND). Jeune Femme lisant.

52 — GOUPIL (LÉON). Hallebardier et deux femmes.

53 — GREUZE (D'après). Le Miroir brisé.

54 — GUASPRE POUSSIN. Paysage avec cours d'eau. Cadre en bois sculpté.

55 — GUÉRIN (Genre de). Figures allégoriques. Toiles ovales. Deux pendants.

56 — HERPICON. Les Trois Grâces.

57 — HOBBÉMA (Genre de). Entrée de village.

58 — HONTHORST (GÉRARD). Effet de lumière.

59 — HUBRE. Portrait du duc d'Orléans.

60 — HUTIN (CH.). Les Étrennes.

61 — JOLLIVET (J.). La Caverne des brigands.

62 — JOUVENET. Le Christ et la femme adultère.

63 — LANCRET (D'après). Les oies du frère Philippe. Dessus de porte.

64 — LAURENCEAU. Fruits et papillon.

65 — LONGUET. Nymphe enchaînée par des Amours.

66 — MARIGNY (MICHEL). Le Suicidé.

67 — NOEL (JULES). Vue d'Étretat.

68 — OCHOA. La sérénade dans le parc.

69 — OCHOA. Cour de ferme.

70 — OMMEGANCK. (D'après). Moutons au repos auprès d'un moulin.

71 — PANINI (Attribué à). Intérieur de palais.

72 — PARROCEL (J.). Choc de cavalerie.

73 — PATEL (Genre de). Château au bord d'une rivière.

74 — PIETTE. Enfants jouant sur le versant d'un côteau boisé. Aquarelle.

75 — PILS. Esquisse pour la décoration de l'Opéra.

76 — POTTER. (D'après Paul). Animaux au pâturage.

77 — POUSSIN. (ÉCOLE DU). Le jugement de Salomon.

78 — PYNACKER. (Genre de). Paysage boisé avec muletier dans un chemin creux.

79 — REMBRANDT. (D'après). Portrait de l'artiste.

80 — RIGAUD. (ÉCOLE DE H.). Portrait d'un prélat. Cadre en bois sculpté.

81 — RIGAUD (Genre de). Portrait d'un gentilhomme. Toile ovale.

82 — ROOS DE TIVOLI. Animaux dans des paysages. Deux pendants.

83 — ROSA (Genre de SALVATOR). Paysage avec fontaine.

84 — ROUSSEAU (PH.). Un Coq.

85 — SCHENAU. La Ménagère.

86 — SCHOUTEN (VAN). Les Singes sculpteurs. Signé à gauche.

87 — SCHOUTEN (VAN). Singes acrobates. Signé à gauche.

88 — SEBRON (H.). Les bords de l'Oise.

89 — STORCK (D'après). Vue du fort Saint-Honorat.

90 — TANNEM. Les Naufragés.

91 — TAUNAY (Attribué à). Paysage montueux avec figures et animaux.

92 — TÉNIERS (ÉCOLE DE). Bohémiens dans les rochers.

93 — TORNLEY (?). Le Chemin creux.

94 — WALKER. Chevaux à l'écurie. Deux pendants.

95 — WATTEAU (D'après). Les Artistes de la Comédie italienne.

96 — VELDE (Genre de VAN DE). Port de mer.

97 — VERNET (JOSEPH). Rocher et cascades. Au premier plan, des pêcheurs ; vers le fond une forteresse sur une colline.

98 — VOILLEMOT. Jeune Femme dans un parc.

99 — ÉCOLE ESPAGNOLE. La Vierge et l'Enfant.

100 — ÉCOLE FLAMANDE. Un Saint. Volet de triptyque.

101 — ÉCOLE FLAMANDE. L'Hiver en Hollande.

102 — ÉCOLE HOLLANDAISE. Paysage accidenté avec forteresse et pont sur une rivière.

103 — ÉCOLE HOLLANDAISE. *Sic transit Gloria Mundi.*

104 — ÉCOLE FRANÇAISE (XVIIᵉ siècle). Portrait de Jean et Nicolas Vauquelin. Deux pendants.

105 — ÉCOLE FRANÇAISE. Dame et Gentilhomme assis dans un intérieur.

106 — ÉCOLE FRANÇAISE. Portrait de femme vêtue d'une robe bleue. Dessus de porte.

107 — ÉCOLE FRANÇAISE. Paysage avec laveuses au bord d'un cours d'eau et cavalier sur la droite.

108 — ÉCOLE FRANÇAISE. Fête de la Liberté.

109 — ÉCOLE MODERNE. Portrait de femme en manteau bleu doublé de fourrure.

110 — ÉCOLE MODERNE. Nymphe et Amour. Esquisse.

111 — ÉCOLE MODERNE. Militaire endormi sur un canon.

112 — ÉCOLE MODERNE. Marine avec rochers.

113 — ÉCOLE MODERNE. Vieille Maison de Dieppe.

114 — ÉCOLE MODERNE. Cour de ferme.

115 — ÉCOLE MODERNE. Paysage coupé par un cours d'eau.

116 — ÉCOLE MODERNE. L'Étang ; effet de Soleil couchant.

117 — ÉCOLE MODERNE. Bouquet de fleurs.

118 — ÉCOLE MODERNE. Têtes de chiens et de lion. Trois études sur velours.

119 — Deux figures de femme. Peinture sur faïence.

120 — Une gravure d'après VALENTIN : le Concert.

121 — Une gravure d'après VAN DER MEULEN : Chasse au cerf.

122 — Huit gravures d'après LE BRUN, TENIERS, VAN DYCK, etc.

123 — BELLANGÉ (H.). Bataille d'Ocana (19 novembre 1809). Dessin.

124 — BOUCHER (D'après). Les Amours musiciens. Dessus de porte en grisaille.

125 — CASTELLI. Après la prise de Rome. Aquarelle.

126 — CICÉRI. Étude de rochers. Aquarelle.

127 — DAUBIGNY (Genre de). Bords de rivière. Crayon noir.

128 — FOURNIR. Hussard près de son cheval. Pastel.

129 — INGRES (Attribué à). Raphaël et la Fornarina. Dessin à la mine de plomb.

130 — JOLLIVET (S.). Ruines de Jumièges. Dessin à la mine de plomb rehaussé de blanc.

131 — LALANNE (MAXIME). Le Cours d'eau. Dessin au fusain

132 — LALANNE (MAXIME). Rochers au bord d'une rivière. Fusain.

133 — MERWART (PAUL). Figure allégorique. Aquarelle.

134 — TROYON (Attribué à). Entrée de forêt. Dessin au fusain.

135 — WATERLOO. Maison sous bois. Dessin à l'encre de Chine.

136 — WATERLOO. Sous bois Dessin au crayon noir.

137 — WYCK (THOMAS). La Ferme. Encre de Chine.

138 — ÉCOLE FRANÇAISE. Projet de tapisserie. Dessin à la sépia.

139 — ÉCOLE ITALIENNE. Tête de vieillard. Crayon noir.

140 — ÉCOLE ITALIENNE. La Mise au tombeau. Dessin à la sanguine et gravure.

141 — ÉCOLE MODERNE. Le Modèle. Pastel.

142 — ÉCOLE MODERNE. L'Abbé Mouret. Encre de Chine.

143 — Un lot de dessins et gravures de différentes écoles. (Ce numéro pourra être divisé.)

144 — Lot de cadres.

RED. :

16

graphicom

MIRE ISO N° 1
NF Z 43-007
AFNOR
Cedex 7 - 92080 PARIS-LA-DEFENSE